# Le chandail d'Amos

**Texte de Janet Lunn**
**Illustrations de Kim LaFave**

Texte français de Christiane Duchesne

Scholastic Canada Ltd.
123, Newkirk Road, Richmond Hill (Ontario) Canada

Amos est vieux, Amos a froid
et Amos est fatigué de donner toute sa laine.

Alors par un beau jour d'été, lorsque tante Hélène part pour le champ, armée de sa tondeuse, Amos recule.

— Bêêê! fait-il.

Il donne un coup de tête à tante Hélène et il se sauve à toute vitesse.

— Amos, arrête! crie tante Hélène. Arrête, Amos! Mais Amos ne s'arrête pas.

Tante Hélène part à ses trousses. Elle le poursuit autour du pré. Elle le poursuit jusqu'en haut de la colline, redescend en courant et traverse le ruisseau. Mais Amos est trop rapide. Oncle Henri doit venir à son aide et tenir Amos d'une main ferme. Alors tante Hélène peut enfin tondre sa laine.

— Voilà, mon vieux Amos, dit-elle. Ça n'était pas si terrible, hein?

— Bêêê, dit Amos.

Tante Hélène lui donne une pomme pour le réconforter. Mais Amos ne se sent pas mieux. Il est vieux, il a froid et maintenant, il est très fâché.

Tante Hélène lave la laine. Elle la carde et elle la file. Puis elle la tricote pour en faire un gros chandail pour oncle Henri.

— N'est-ce pas que c'est joli, Amos?

Elle lui montre le gros chandail
bien chaud.

— Bêêê.

Amos s'attaque au chandail.

Chaque fois qu'Amos voit l'oncle Henri et son chandail, il essaie d'en prendre une bouchée. Le chandail est toujours plein de trous qu'Amos y fait, et que tante Hélène doit raccommoder.

Un jour qu'il fait très chaud, l'oncle Henri laisse son chandail sur la clôture. Amos essaie de le prendre, mais le chandail est bien accroché. Il y fait un si grand trou que tante Hélène s'amène avec un bâton.

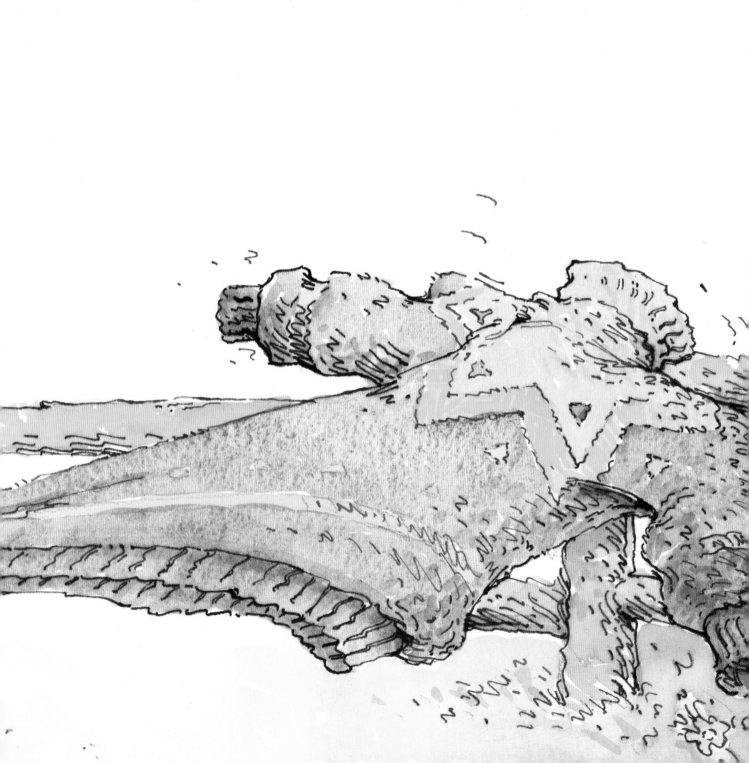

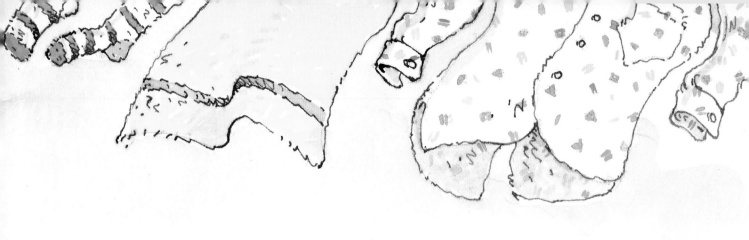

Tante Hélène raccommode le grand trou.
Elle lave le chandail et le met à sécher
dehors. Amos attend qu'elle retourne
dans la maison.

Puis il bondit pour attraper le chandail.
Mais la corde à linge est bien trop haute.

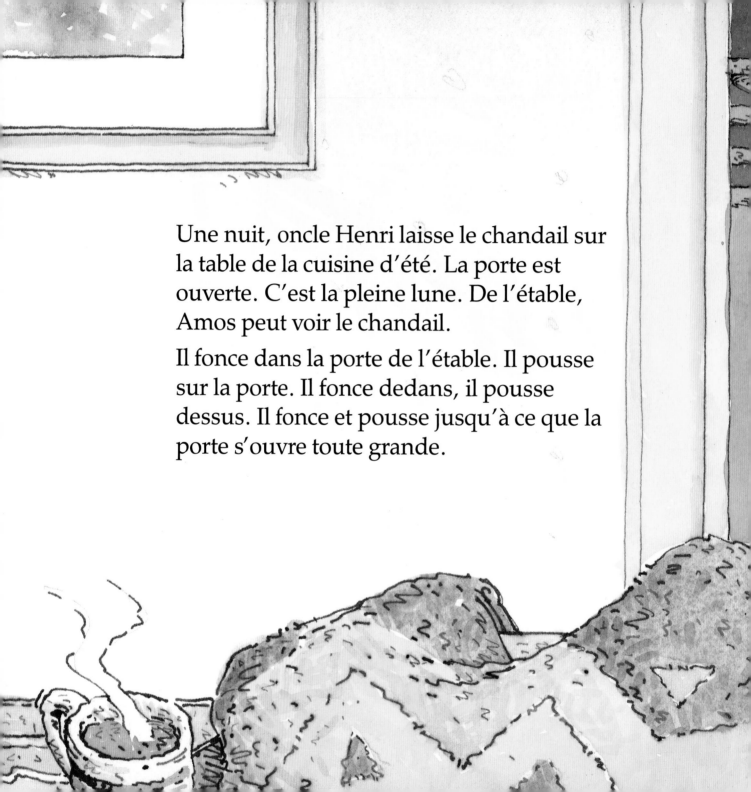

Une nuit, oncle Henri laisse le chandail sur la table de la cuisine d'été. La porte est ouverte. C'est la pleine lune. De l'étable, Amos peut voir le chandail.

Il fonce dans la porte de l'étable. Il pousse sur la porte. Il fonce dedans, il pousse dessus. Il fonce et pousse jusqu'à ce que la porte s'ouvre toute grande.

Il file à travers la cour jusque dans la cuisine. Il fait tomber le chandail par terre et, furieux, le tire dans tous les sens. Un bout de laine s'accroche à son sabot.

Il essaie par tous les moyens de se dégager. Il donne des petits coups, il tire, il mord, il se roule par terre. Plus il se débat, plus il se prend dans la laine. Bien vite, il est tout entortillé et on ne peut plus faire la différence entre Amos et le chandail.

— Bêêê, crie-t-il. Bêêê, bêêêêêê!

Il pousse de tels cris de rage qu'oncle
Henri et tante Hélène arrivent en courant
voir ce qui se passe.

— Oh, Amos! Tu as fini par y arriver!
soupire tante Hélène.

Oncle Henri éclate de rire. Il commence à
démêler la laine. Amos les fixe
d'un regard noir.

Enfin libéré, il se relève. Ses deux pattes de
devant sont enfoncées dans les manches
du chandail de l'oncle Henri. Sa tête
sort par l'encolure.

— Tu sais, Hélène, dit l'oncle Henri, Amos est vieux.

— Et peut-être qu'il a froid, ajoute tante Hélène.

— Et peut-être, disent-ils d'une même voix, qu'il est fatigué de nous donner toute sa laine.

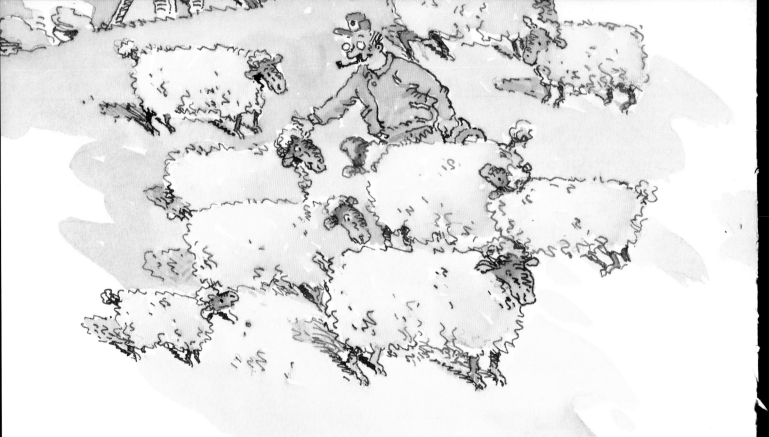

Si un jour vous passez près de la ferme de
l'oncle Henri et de tante Hélène, vous
verrez des moutons dans le pré. Il y en a
un qui se tient un peu à l'écart des autres.
C'est Amos.

Il est vieux. Mais il n'a pas froid, car il est
bien emmitouflé dans son chandail.

À Peg, Amos et Ted,
avec tout mon amour,
J.L.

À Carol, Jeffrey
et à bébé,
K.L.

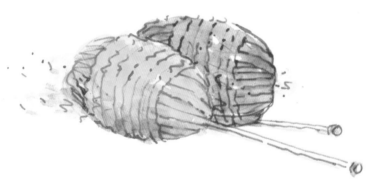

Copyright © Janet Lunn, 1988, pour le texte. Copyright © Kim LaFave, 1988, pour les illustrations. Copyright © Scholastic Canada Ltd., 1990, pour le texte français. Tous droits réservés.

ISBN 0-590-73707-4
Titre original : Amos's Sweater

Édition publiée par Scholastic Canada Ltd., 123, Newkirk Road, Richmond Hill (Ontario) Canada L4C 3G5 avec la permission de Douglas & McIntyre.

Conception graphique de Michael Solomon.

4321          Imprimé à Hong-Kong          01234/9

Données de catalogage avant publication (Canada)
Lunn, Janet, 1928–
    Amos's sweater. Français
    Le chandail d'Amos
Traduction de : Amos's sweater.
ISBN 0-590-73707-4
I. LaFave, Kim. II. Duchesne, Christiane, 1949– . III. Titre. IV. Titre : Amos's sweater. Français.
PS8573.US5A8214 1990 jC813'.54 C90-094702-0
PZ23.L85Ch 1990